D1698469

Hans Claßen

Mondlicht fiel auf Blütenstaub

Hans Claßen

Mondlicht fiel auf Blütenstaub

Romantische Spuren

FOUQUÉ LITERATURVERLAG
Egelsbach • Frankfurt a.M. • München • New York

Die Deutsche Bibliothek – CIP-Einheitsaufnahme
Ein Titeldatensatz für diese Publikation ist bei
Der Deutschen Bibliothek erhältlich.

Autor und Verlag unterstützen das Albert-Schweitzer-Kinderdorf in Hessen e.V.,
das verlassenen Kindern und Jugendlichen ein Zuhause gibt.
Wenn Sie sich als Leser an dieser Förderung beteiligen möchten, überweisen Sie bitte
einen – auch gern geringen – Betrag an die Sparkasse Hanau, Kto. 19380, BLZ 506 500 23,
mit dem Stichwort »Literatur verbindet«, Autor und Verlag danken Ihnen dafür!

Medien- und Verlagsgruppe Dr. Hänsel-Hohenhausen AG
Egelsbach • Frankfurt a.M. • München • New York
Boschring 21-23 • D-63329 Egelsbach bei Frankfurt/M.
Fax 06103-44944 • Tel. 06103-44940

ISBN 3-8267-4964-2
2001

Satz und Lektorat: Edeltraud Schönfeldt

Printed in Germany

Inhalt

Mondlicht fiel auf Blütenstaub
Gedichte 7

Abend der Blauen Blume
Vermischte Gedichte 53

Variationen
Veränderte Fassungen 91

Essays

Caspar David Friedrich
käme kaum mehr zum Kreidefelsen
Romantik und Rügen-Mythos heute 113

Wo auf dem Balkon der Sturm
im flatternden Haare wühlte
Meersburger Eindrücke
zum 200. Droste-Geburtstag 120

Des Lebens Pulse schlagen
frisch lebendig ...
Von Goethes Verskunst 126

Stimmen zum Autor 135

Mondlicht fiel auf Blütenstaub

Gedichte

Fast Mühlenromantik

Eichendorff, Taugenichts

Weil Frühling vom Dach tröpfelt,
Kräuselt der Mühlgraben
Sonnenfacetten.

Das Rad braust und rauscht
Schon wieder recht lustig
Zum Zwitschern der Spatzen.

Sie tummeln sich zwischen
Den Stühlen und Tischen
Vor dem Café.

Die Mühle

Ein Lastwagen entlädt
Korncontainer
Im Lärm der Turbinen.

Aus Ventilatorluken
Den Staub
Schluckt der Goldregen.

Im brackigen Wassergraben
Das verwitterte Mühlrad
Staut Entengrütze.

Naturschutz

Früher der alten Weiden
  Wurzelwerk, hundert Jahre
    Vom Bach umspült –

Die Weiden gefällt,
  Gedämmt der Bachlauf;
    Ein Vierteljahrhundert Gewerbegebiet.

Der Betondamm muß weg!
  Zum Jubiläum geplant:
    Die Ufer-Renaturierung.

Mondschein

Flimmer, geheimnishell,
Silbernd des Stroms
Ruhiges Fließen –

Am kühlenden Quell
Zaghafter Qual
Schattenschmelz –

Glanz des Grüns,
Weh über Wäldern
Bangender Herzen.

Maimorgen

Der Maimorgen, taubenetzt,
Webte im Flußtal
Grasteppichbilder.

Sumpfdotterblumen an Ufern
Und Wiesen, blütenreich,
Aus denen die Lerche steigt.

Nun flicht er Binsenkörbe,
Setzt auf dem Fluß
Blumen und Vögel aus.

Gewittriger Nachmittag

Zum Zenit hin, bogenüberspannt,
Dampft ins Prismenkolorit
Der Waldhorizont.

Des Himmels Regenfarben
Deuten vor Wolkentürmen
Neue Gewitter an.

Kein Grund, um nicht draußen
Kaffee zu trinken;
Die Terrasse ist überdacht.

Romantischer Weg

Vom Rittertum raunt
  Der verfallene Turm
    Minnelieder und Sagen.

Durch die Kluft führt der Pfad
  Zu des Berges Höhlenzaubern.
    In den Tropfsteingängen

Unauffindbar die Blaue Blume!
  Sie blüht am Kiosk
    Auf Ansichtskarten.

Blaue Blume

Zu Novalis' 200. Todestag 2001

Am Fuße der Felsen,
    Weltfarben erblüht,
        Die Blume:

Mondflutübergossen,
    Die Wurzel – Alraune –
        Im Stein,

Sprengte sie Spalten,
    Fände des Friedens
        Geheimgänge auf …

Wenn nicht mehr Zahlen ...

Novalis

Wenn nicht mehr Zahlen
Vor des Reisewegs
Zielstation

Und Figuren
Über der Zugvögel
Himmelsflug

Sind Schlüssel
Zu des Zauberlands
Märchenschloß –

Nachtlied

Goethe

Über allen Gipfeln
Himmelsströme
Tagesstill –

In allen Wipfeln
Schlafes Schweigen
Eingekehrt –

Warte, süßer Friede!
Mit dem Erwachen
Ruhest du auch.

Idyll auf dem See

Das Fischerboot still
　　Streift der Waldspiegelung
　　　　Malerwinkelmotiv.

Haubentaucher und Schwan –
　　Die Naturschutzzone
　　　　Kentert jäh, an der Boje

Wendet das Ausflugsschiff
　　Und nimmt Fahrt auf
　　　　Zur Strandpromenade.

Sonntagmorgen

Der alten Kirche vis à vis,
  Sobald das Hochamt verklang,
    Füllte sich die Dorfschenke.

Das Wirtshaus wurde Landhotel,
  Das Gotteshaus umgebaut.
    Vom Betonturm

Wecken die Glocken.
  Mit dem Kirchenschiff
    Gähnt der Gästeraum.

Im Freilandmuseum

Windmühlenruhe konserviert
  Im Mittagsglast
    Die Gewanne.

Des Dorfes alten Geduldsfaden,
  Mit Bauerngärten vernetzt,
    Spinnt der Anger.

Wo einst die Kirche stand,
  Verrät kein Geläute.
    Erstickend die Glockenstille!

Auf stillen Wegen

Auf stillen Wegen
    Tausendfach die Wunder, rankend
        Über Felsen und Gestein!

Pfade überwuchernd,
    Schiefe Ufer, wachsen sie
        An Brücke oder Steg,

Blüh'n in Wiesen,
    Reifen im Getreide; am Wasser
        Füllen neu sie meine Welt.

Auf dem Aussichtsturm

Bis zu den Gebirgskämmen
und Höhenzügen,
Wo beschaulich die Heimat verdunstet,
Blinken die Städtchen und Dörfer.

Es klingt herauf wie aus vergessener Zeit,
Wenn die Kapelle am Ehrenmal spielte:
Ich hatt' einen Kameraden …

Marschieren da unten die Schützen?
Blasmusikfetzen hißt hier oben der Wind
Am stählernen Fahnengestänge.

Heumond

Damals nach des Tages Werk,
Da in den Wiesen
Düfte woben …

Noch sinkt in jene alten Gründe
Nachthimmelsglanz –
Die Nachtigall

Bedeckte all die dunklen Gärten
Mit des Dorfes
Stillem Schlaf …

Julinacht

Von den Wäldern,
    Die der Mond übergießt,
        Wehen die Lüfte,

Und Erinnerungen
    Duftet der Garten
        An das Genießen

Später Stunden,
    Geleitend den Tag
        In nie begonnene Nächte.

Dein Antlitz

Ozeannacht –
Rauschend bemondet
Im Brandungslicht

Korallener Flut
Vor der Grotte Widerhall …
Ozeannacht

Dein Antlitz –
Tauchern lächelten
Diamantene Träume …

Mittag am Meer

Segelstille, horizontweiß, blau …
Die Bucht ruht, ankernd
Yachten auf Smaragd.

Vor Klippen Harfenklänge,
Wo die Strudel spielen …
Tiefentöne,

Perlen aus Korall'.
Grotten wandeln
Flötenwiderhall …

Provenzalische Impression

Rimbaud, Le bateau ivre

In des Arélats schillerndem Sommer
Badet der südliche Tag.
Lüfte in Silber –

Der Camargue flimmernde Weiden
Mit sirrenden Gräben!
Wind flaut

Im Schilf. Vor Abend
Das Meer gerötet –
Ein trunkenes Schiff.

Ost-westlicher „Divan“

Goethe, West-östlicher Divan

Vom Marmorquell dämmerbenetzt,
  Schwimmt die Lotosblume.
    Duft von Jasmin

Strömt unter Zypressen
  Wartender Gärten.
    Still der Palast …

Spielt die Gitarre? Singt Suleika? –
  Goethe verschwimmt
    Auf dem Bucheinband.

Liebesnacht

Am Firmament, sekundenhell,
Streift die Sternschnuppenspur
Liebesnachtatmosphäre.

Venus glitzert im Wassermann
Durch die Isolierverglasung
In den Wintergarten.

„Schau mir in die Augen, Kleines!"
Casablancakult keimt
Aus dem Spätprogramm.

Die Quelle

Im schönsten Wiesengrunde,
Wo in den Dorfbach
Die Quelle sprudelt …

Als im August neunundfünfzig
Die Wasserleitung versiegt war
Und wir hier Kannen füllten –

Mit dem Handkarren wieder
Wie damals zur Quelle kommen!
Im schönsten Wiesengrunde …

Nachts auf dem Hofe

Im gepflasterten Hofraum
Ruht denkmalgeschützt
Des Giebels Gottvertrauen.

Die düstere Dielentorstille
Greift ans Rosenspalier
Der Fachwerkwände.

Über Traktor und Ladewagen
Flüstert die Linde
Den Erntesegen.

Ernte

Vom Dorfe her wehen
    Strohaufzugsklänge
        Ins wogende Feld.

Mähdrescher füllen
    Mit Staubkadenzen
        Die welkenden Fluren.

Im Echo der Ähren
    Rauscht die Sichel
        Durch den Takt der Traktoren.

Wiesenflur

Im Felde gereift,
Stand alle Sommer
Die Fülle der Frucht,

Seit aus Neolithikumsgräsern
Ackeranfang
Segen säte,

Bis wieder Gras
Korngarbenland
Überwuchs.

Im Felde

In der Flur, vom Kirchturm her,
Sucht der Engel des Herrn
Die Blume des Feldes.

Als noch das Brot galt,
Empfing sie das Wort
Unter Ähren.

Mit Weihnachtsbaumkulturen
Wartet sie welk
Auf Engelhaar.

Herbstnahen

Nachtwolken kamen,
  Brachten vom Bergrand
    Gedanken aus Sehnsuchtsleid.

Ausstand an Tagen ...
  Der Wagen, beladen
    Mit Kindheit, fährt heimwärts.

Beim Hause der Vater
  Sägt auf dem Holzhof
    Im schauernden Abendwind.

Bauland

Hinter dem alten Dorf
  Lagen die Obstgärten;
    Darinnen campierte der Herbst.

Schwalbenabschied sah er
  Von Hochspannungsdrähten
    Und Feldscheunenfirsten.

Dann hielt er Einzug
  Mit Baufahrzeugen
    Zur Siedlungserschließung.

Asternabend

Benn, Astern

Noch einmal das Ersehnte
In zögernder Stunden
Beschwörungsbann!

Noch einmal ein Vermuten
Begleitet der Schwalben
Sterbensflug.

Noch einmal auf Astern
Sinkt dämmernden Werdens
Gewißheitsnacht.

Dorfes Herbst

In den Gärten
Laubes Schlaf,
Schon Kühle atmend –

Asternbeete,
Des Tages Neige
Früher trinkend –

Abendstille,
Wenn Satellitenantennen
Nacht empfangen.

Im Schulgarten

An der Schulhauswand,
Zum Garten hin,
Zündelt der wilde Wein.

Skeptisch bildet der Teich
Bio-Löschketten
Mit Nesseln und Winden.

Lurche lauern und Larven.
Schaulustig auch die Libellen
Und eine Aster im Öko-Beet!

Am Staudamm

An der Schiffsanlegestelle
Bedrängt Eis- und Imbißstände
Wespenhegemonie.

Vor Möwengeschrei
Beschirmen Cafémarkisen
Die Seeterrassen.

Auf der Sperrmauer genießt
Die Nachsaison
Nachmittagswärme.

Herbstlied

Still! Es zupfen
Sonnentropfen
Auf Spinnwebensaiten

Und singt des Gehölzes
Mäandernder
Bachschattenchor.

Stumm nur am Ufer
Die Ulme!
Sie singt nicht mehr mit.

Früher Abend

Am violetten Abendhorizont
  Schwinden im Herbstlicht
    Die Tagesfarben.

Auf der Höhe der alte Weg,
  Dunstig das Dorf
    Versunken im Tale –

Nur der Kraniche Flug
  Wissend über dem Wald,
    Schrille Mauer des Schweigens.

Flugbahnen

Der Kraniche Himmelszüge
  Aus nördlicher Heimat
    Suchen den Rastplatz am See.

Über den nächtenden Bergen
  Der Flugrouten gestörtes Geschrei
    Begegnet dem Süden.

Im Landeanflug
  Die Chartermaschinen
    Aus Palma und Las Palmas …

Heideabend

Goethe, Werther (Ossians Gesang)

Wandernd … über die Heide,
Umsaust vom Sturmwind …,
Der Erinn'rungen hinführt,

In dampfenden Nebeln …
Im dämmernden Licht …
Wandelnd wie der Barde,

Der Fußstapfen suchte
Und ach! ergraut
Grabsteine fand …

An der Hecke

Wenn Blätter Ferne fühlen,
Reift der Hecke
Hagebuttengrab –

Der Schlehe Sterben,
Wenn des Friedhofs
Lichter mahnen –

Tod der Straße
Für stille Igel,
Wenn Laub verdorrt.

Friedhofsnacht

Auf den Gräbern leuchtet
Und durch die Linden
Bizarr der Mondschein.

Nachtromantisch –
Hell die Wand der Kapelle!
Mit Graffiti besprüht –

Auf den Stufen blinkt
Bierflaschenflimmer,
Unter dem Kreuz Dosenblech.

Im Schloßpark

Aus der Gräfte, barock bedräut,
  Schielt die Tristesse.
    Der Mittag schlendert im Park

Von der Wasserkunst zur Kapelle
  Und durch die entlaubten Alleen.
    Vor der Orangerie endet der Weg.

Dort stellt die Kulturstiftung aus:
  Perspektiven in Kälte und Grau,
    Ab vierzehn Uhr dreißig.

Waldlichtung

Klopstock, Die Sommernacht

Mondesschimmer,
  Der in Sommern sanft
    In die Wälder sich ergoß!

Todesgedanken umschatten
  Dein Licht überm Tann,
    Wo Südwinde säuselnd

Die Wipfel wiegten
  Und Wintersturm nun
    Über die Autobahnbaustelle fährt.

Dezemberhimmel

Das Christkind backt, wie schön
  Glüht der Himmel! Ums Haus
    Aber stürmt Wotans Jagd.

Wild schnauben die Rosse.
  Stahl das Nikolauseselchen
    Ihnen Hafer und Heu?

Nun wirbeln sie wütend zum Wald
  Und wiehern im Wolkenrot
    Um Windradpropeller.

Weihnacht

Im Gebälk von Bethlehems Stall
  Hing eingemottet der Weihnachtsstern.
    Die Jubelglocken haben ihn entstaubt.

Unter dem Christbaum
  Glänzt er zu den Bescherungsliedern.
    Alle Jahre wieder stille Nacht …

Ach, der Schnee knirscht nicht mehr
  Wie auf dem Kirchweg der Kindheit!
    Damals glänzten die Sterne so klar.

Winterpoesie

Weiß verträumt
  Unter des Winterzelts Blau
    Wachen die nächtlichen Wälder.

Der Einsamkeit Glanz
  Geleitet den Weg
    Zur Hütte am Skihang.

Der Lift ruht seit Stunden;
  Andacht am Glühweinstand –
    Im Tal dräut der Parkplätze Schweigen.

Wintertags Abschluß

Der Finsternis Flügelschlag
  Hat die Nachtvögel begattet.
    Die Rabenschar steigt

In des Himmels fallendes Schwarz.
  Aus Dämmerschleiern
    Schlagen Amseln und Spatzen,

Gesimseschilpend, vorgartenträllernd,
  Schlucken wie Beeren
    Das zähe Licht.

Mondlicht

Milchig lithographiert
    Firstabwärts
        Auf Schieferdächern –

Wolkenwälder
    Witternd
        Wie bangendes Wild –

Über dem Fluß
    Dürstend
        Nach Selbstbetrachtung.

Bewölkter Mond

Wach und treibend der Schein …
    Wie der Wolkenflug
        Herden gleicht,

Die über Savannen flieh'n,
    Da in der Nacht
        Der Löwe schreit!

Jagdtrophäe der Kontemplation,
    Malerisch konserviert
        Für Museumswände …

Am Meer

Stumm übers Meer,
    Wie Windvisionen,
        Gehen die Glocken Vinetas.

Niemand vernimmt sie.
    Das Brausen der Brandung
        Vergräbt ihr Verwehen.

Kein Wort aus den Wogen –
    Vergaß das Vergängnis
        Die Stimmen am Grund?

Am Kloster

Kaum bemerkt von der Chaussee
    Schlief das historische Kloster.
        Der Ferienpark hat es erweckt.

Aus dem Lagunenbad
    Spült Romanikkonjunktur
        Ins Kryptagewölbe.

Opferstock-Eldorado vor dem Gnadenbild.
    Und nachts mit Mariensegen
        Zu Roulette und Black Jack.

Vorfrühling

Rilke, Herbst – Herbsttag – Vorfrühling

Der Erde schweres Fallen
wach begreifend …
Die Hand, die fiel
Und lange Briefe schrieb …

Die durch Alleen getrieben,
wandernd, reifend,
Voll Zärtlichkeiten
Nach der Erde greifend –

Und unvermutet ihre Leere streifend –
Mit ihr aus Bäumen
In die Räume stieg …

Fast Frühling

Fast Frühling!
    Viola oder Narziss',
        Da der Frühling anklopft,

Öffnet die Krokuswiese
    Sonnenfacetten.
        Des Teichs Trauerweiden

Zu früh für ein Grün;
    Fast in des Herbstes
        Hängender Färbung …

Am Grenzstein

Heine, Wintermärchen

Mit dem preußischen Grenzstein
Unter den kranken Eichen
Verwittert die alte Zeit.

Im achtundvierziger März
Trieben die Knospen.
Seither wuchert der Wald.

Hier hätte Heine gedichtet:
„Ich habe sie immer so lieb gehabt ...“ –
Wie lange noch grünen die Eichen?

Abenddämmerung

Baumes Geflüster
Zittert im Säuseln
Trügerisch frisch –

Singdrossellieder,
Frühjahrsgeschenke
Vermutet der Flieder –

Spätes Geläute
Zu fallendem Frieden –
Ohne Gebet!

Auferstehung

Von der Hochheide, wo rauh noch
Der Gebirgswind schneidet,
Rinnt zaghaft der Wiesenbach.

Die Lenzschmelze speist,
Den Boden wärmend,
Sein Talwärtssprudeln.

Durchs Grasgeflecht bahnt
Der Sonne Osterglanz
Mäusen Lebensspuren.

Abend der Blauen Blume

Vermischte Gedichte

Abend der Blauen Blume

Am 2. Mai, des Dichters Novalis Geburtstag

Schon sank in die Dämm'rung
die Maiennacht,
Als ich des Dichters Novalis gedacht,
Während durch Wiesen ein Flüßlein floß,
Das silbrige Lieder zu Tale ergoß.

Als ich in des Baches Dämmergeleit
Erbaulich mich hatte ergangen
Und war von des Abendtau's Nebelgewand
Und Lüften kühl-schaurig umfangen,

Da bannte feinsilbig der Silberlaut
Den Sinn mir, bald auch meine Schritte
Zwischen den schlafenden Blumen der Au
Um des Bachlaufes singende Mitte.

Am Ufer, wie lauschte gar wunderbar
In die Mainacht noch blau eine Blume!
So lauschen wohl Kinderaugen traut
Und harren der Märchen der Muhme.

Doch Märchen und Kinderaugen traut
Sind wohl Klischees; auch das Singen
Und Sänger, die blaue Blumen sehn,
Wie der Dichter des „Ofterdingen".

Vergangen und „out“, wie der Maiennacht
Kühl-schaurige Schauder nicht minder!
„Fantasy“-Schaudern lauschen zur Nacht
Statt Mären und Schlafliedern Kinder.

Und in der umdunkelten Wiesenau
Am Ufer naht niemand zu lauschen,
Auch blüht die Blume
schon nicht mehr blau
Und ergraut des Bachs silbriges Rauschen.

Vor einem Gewitter

Als ich in Baumes Schatten lag
und träumte,
Erwacht' ich ob des Laubes
sanftem Rauschen.
Der rote Mohn im Wiesengras umsäumte
Den Traum; im Baum die Amsel
ließ mich lauschen.

Da regte sich der Baum wie in Geflüster.
Ein Wolkenheer
geharnischt schwarzer Küster,
Die am Himmel gold'ne Hörner bliesen,
Zog zur Wacht und tönte um die Wiesen.

Gewitter! – Drohend scholl's,
und donnernd brauste
Die dumpfe Hellebardenschar
durchs Land.
Die Amsel schwieg im Baum,
und zitternd grauste
Dem Mohn, der rot am Wiesenrande stand.

Kindheitselegie

Wie waren, Abend, deiner Sterne Lieder
Mir einstmals wundersam und angenehm,
Als hallten tiefer Meere Töne wider,
Aufsteigend aus perlklarem Diadem.

Jetzt siehe, stumme Harfe, meine Träne!
Wellen weinen schweigend und skurril.
Mit den Strudeln längst versunk'ner Kähne
Windet trüb dein Schimmer sich am Kiel.

Schiffer, wißt ihr noch
den Kurs der Wogen,
Wo das Riff die grüne Fahrt bedrückt?
Ach, die Zeiten sind dahingezogen
Und haben ihre Stunden kaum verrückt.

Abend, zeig' dem Fremden deine Ferne,
Der stillen Sehnsucht ahnungsvolle Ruh'!
Weit weinen in den Äthern deine Sterne,
Mein später Trost, der frühen Meere Du –

Sommerabend

Nach: Franz Rinsche, Sumerowend

Nun naht im Abendscheine
Ganz sanft heran die Nacht.
Der Abendstern alleine
Am Himmel hält die Wacht.

Die Welt liegt wie im Traume,
Und wonnig webt die Luft,
Kein Blatt wiegt sich am Baume,
Doch alles strömt voll Duft.

In schleierweißem Kranze
Steigt Nebel hügelan,
Und auf und ab im Tanze
Zieh'n Mücken ihre Bahn.

Der Mond und alle Sterne
Schau'n auf die stille Welt,
Die Gott wohl nah und ferne
In starken Händen hält.

Am Mühlenteiche

Am Mühlenteiche lag ich
Lange bei Vergißmeinnicht und Veilchen.

Spät rauschte der Holunder,
Waldein das Wild
Witterte stille Saaten.
Wasserkäfer pflanzten auf Blätter Larven.
Nahe der Hecke
Sangen Heimchen liebliche Abenteuer.
Am Halme schwankte ein Falter,
Ein Laubfrosch schnappte nach Mücken,
Kauerte dann glotzend im Naß,
Und Glockenklänge schwammen
In bläulichen Lauten.

Märchen ... Verwunschene Kugel
Am Grunde des Teichs.

Alter Nachsommerabend

Die Fluren ruhen, und in Glut vergoren
Raunt der Rebstock unter rotem Wein.
Jetzt will die Zeit der Winzer nahe sein.
Der Schnitter band schon Garben
                vor den Toren.

Und auch die Städte ruh'n.
                Die Schäfer schoren
Die Lämmer längst.
                Nur vor den Mauern schrei'n
Noch Tiere auf der Trift; indes am Rain
Sich Gräser wiegen,
                zittert Schilf in Mooren.

Bald wollen Gärten reif geerntet werden.
Die Stille weilt am Bach. Vor Dörfern neigt
Der Tau sich über Brunnen bei der Linde.

Und Kinder spielen Ball, und in die Rinde
Schnitzt spät ein Wandrer,
                bis der Nebel steigt,
Und träumt von ferner Heimat,
                Hof und Herden.

Nach der Ernte

Die Felder liegen schwer
wie brache Runen,
Welkend ausgeworfen nach dem Reifen.

Vor Dörfern fällt auf taubenetzte Brunnen
Der Linde später Schatten, und das Pfeifen
Der Erntewagen schwelt noch
in den Fluren.

Derweil im Grase
Spinnweb'fäden schweifen,
Versinkt der Tag in fließenden Konturen.
Das Wild beginnt,
den Frieden zu begreifen,
Und folgt vor Abend seinen stillen Spuren.

Ungewisses Idyll

Der Weg am Waldrand führt
durch Furt und Senke,
Hangweiden steigen hüg'lig aus dem Tal.
Ein Reh neigt sich am Bach
zur Wassertränke.
Der Wind weht wie ein sanftes Material.

Am Weg dämpft Buschwerk
leichte Wanderschritte.
Der Anfer schwankt am Bach;
Hirschkäfer lauscht.
Es kräuseln sich im Wasserlaufe Tritte
Zum Plätscherklang,
den sonst der Bach nicht rauscht.

Gewarnt horcht auf das Reh –
und wittert Wälder,
Es flieht und springt
zum nahen Wiesenpfad.
Am Bache wirkt das Wasserrauschen kälter,
Während durch die Furt
der Wandrer naht.

Da steht im Sprung das Reh –
und läßt sich sehnen,
Und prüfend schweift sein Äugen
um das Tal,
Als scheue es im fernen Rückwärtswähnen
Zum Bach den nahen Wald
wie ein Fanal …

Herbstwind

Des Herbstes alte Weisen prägen wieder
Ihr welkes Siegel in die Herbstzeitlosen.
An Holzspalieren ranken rot die Rosen,
Die Linde träumt
versunk'ne Sommerlieder.

Der Mittag flüchtet hell; die Bäu'rin sieht
Vom Fenstersims im Hof
den Sommer schwinden.
Die letzten Schwalben zogen
mit den Winden,
Und auch die kühle Sonnenröte flieht.

Vom Kirchturm dröhnt der schwere
Uhrschlag nieder.

Schwimmende Blätter

Und eine Linde sang, und ihre Weise
Sank zum Brunnen hin.
                                        Sie sang und starb.

Ertrunken fast … Ach, wann verdarb,
Was sie gesungen? All das leise
Fontainenblau …, versunken schon –

Und als sie sang, wie schwamm ihr Ton!
Im Brunnenbilde schimmernd …,
                                        als ihr Ast
Von Grün umlaubt hing,
                                        wie auf Sängerreise –

Laubblatt noch …, ertrunken fast.

Winternacht

Schein und Schimmer lassen tanzen
Scheu des Nächtens Lichterschalk.
Auf des Himmels Sehnsuchtsschanzen
Funkeln stiller Träume Lanzen,
Blaß wie kalter Lüster Talg.

Sehnsucht aus dem Gleistensee …
Sternenstrahl am Perlenband
Ziert der Wälder Dekolleté.
Glanz umglart am Mondscheinrand
Alles Land weiß im Gewand.

Christnacht

Der Markt beleuchtet.
Draußen lag die Nacht.
Vor Winterwäldern
traumverschneites Land.
In weißen Äthern rangen
Schnee und Nacht.

Die Straßen schlafend,
wie ein weißes Band.
Am Kirchportal verlassen
Markt und Stand,
Am Himmel streift ein Glanz
die bleiche Nacht.

Vom Turm tönt schwer
der Glocken Winterpracht
Wie Nachhall von Trompeten still ins Land.
In Häusern senkt sich Schlafen über Tand.

Vorm Lichterbaum schnein Flocken
in die Nacht –

Am Winterwehr

Reißend fällt es in die weißen Schneisen,
Als ränne nirgends mehr ein Bach so blau,
An kahlen Weiden seine Kraft zu weisen
Und abzuzwängen, kalt und ungenau.

Der blanke, trauerndbleich getränkte Tau
Verfängt sich eisig in den ranken Reisen
Und schwenkt zu klirrendhängend
klaren Kreisen
Glaszapfen schlenkernd
auf den grauen Stau.

Da braust der Schwall des Wassers auf
am Rande,
Wie hämmernd hoch und hallend,
halb wie Glas,
Das, starr erstorben, rauh
an Wehr und Kante

Sich klingend aufbäumt
und den Schwall vergaß.
Noch Klänge aus Geästen irgendwo,
Kälte klärend, Antwort und – Tableau!

Hymne an Sein, Raum und Zeit

Goethe, Faust

O, ihr Stürme, Elemente!
Euch gleich, will ich mich erkühnen
Aufzuschwingen, will euch lieben!
Mit euch rasen! Im Momente
Will ich diese Welt durchstieben,
Sie eratmen, sie gewinnen!

In des Waldes Winterzweigen
Fließt der Sonne Morgengold,
Weckt in mir den munt'ren Reigen
Froher Kräfte, wird mir hold,
Fröhlich durch den Schnee zu schreiten:
Augenblicke sind die Zeiten.

Neigt sich schon der Frühlingsglanz,
Quelle sprudelt auf im Sande,
Eile, eile über Lande,
Durch die Lüfte feg' einher!
Lustig tobt der Hexen Heer,
Fegt die Stürme, peitscht das Meer.

Feuergleich ist aufgeschossen
Morgenrot am Himmelszelt,
Helios, von Feuerrossen
Angezogen, lenkt die Welt.
Mit dem angebroch'nen Tage
Sieht er auf der Menschheit Plage.

Weiter, nur nicht säumig rasten!
Seht! Der Abend bricht herein.
Mit den sommerlichen Düften
Regt es lind sich in den Lüften,
Lautlos schwanken dunkle Masten
An des Sees Uferrain.

Kähne liegen an dem Ufer,
Ruhen aus nach langer Fahrt,
Grillen zirpen in dem Grase,
Und ihr Zirpen klingt so zart.
Möchte hier wohl länger weilen,
Brauchte nicht so sehr zu eilen!

Horch! Im Wind die Abendglocken,
Lieblich klingen sie vom Tal.
Wie mich ihre Töne locken,
Grüßen grad' vieltausendmal!
Läuten Freude, läuten Not,
Künden auch den großen Gott.

Nicht mehr weiter! Welch' ein Sehnen
Sprengt in mir die volle Brust,
Zwingt ins Auge mir die Tränen,
Schwellt im Herzen auf die Lust.
So berührt es meinen Lauf,
Als tun sich mir die Himmel auf.

Alles tönt wie lauter Singen,
Wald und Wiese fallen ein,
Und die späten Sommerblumen
Schließt der Tau beim Abendschein.
Mild sich laue Winde regen
Und die Büsche sacht bewegen.

Laßt nun noch die Heimchen schlagen,
Singen leise Nebellieder!
Aus den fernen Tälern blinken
Schwarz verhüllt die Abendseen,
Lispeln leise alte Sagen;
Ach, wie ist die Welt so schön!

Nimmer, nimmer weiter reisen!
O, die holden Töne schweigen!
Und die silberhellen Weisen
Spielen auf den schönsten Reigen.
Nieder neigt sich dieses Glück
Und wird zum höchsten Augenblick.

In Galaxien

In Galaxien fänden Astrologen
Planeten kaum perlmuttbegrünt
umspannt,
Denn Augenblicke wären Meereswogen
Aus Myriaden Meeren ohne Land.

Auch wäre eine weitgereiste Barke
Blaß wie bleicher Nebelwelten Tau
Vor Anker ohne Hafen, und die Marke
Vergess'ner Heimkehr unbekanntes Blau.

Ein Fischschwarm aber jagte zu Gestaden
Der fernen Erde wie ein grüner Traum.
Dann risse einem Augenblick der Faden:
Er fiel' heraus. Und wieder alles Raum …

Nordsee

Im Abendwatt verblaßt ein Wellengrau,
Als dräuten aus der Dämmerung
Reklamen;
Kutter, die am Strand vorüberkamen,
Nachtwind nähm' ihr unflutbares Blau.

An Rahen klammert falb, verwischt
ein Tau,
Ein Sturmlicht schwankt
mit Streifen fahler Fahnen;
Ins Branden stößt ein Möwenschrei
wie Mahnen.
Das Meer fällt schwarz in Schäume,
matt und flau –

Im Atlantik schläft ein Glaspalast

Im Atlantik schläft ein Glaspalast.
Darinnen wachen Bräute bang
und warten.
Kristalle schneien bläulich aus Sulfaten,
Weil die Nacht an klare Haffe klang.

Da schlafen Bräutigame blaß und bang.
Und Kähne harren aus
nach langen Fahrten.
Und auf den Masten flauen die Standarten
Ins müde Haff, weil der Palast versank.

Elegie am Meer

Ich saß am Meer und träumte
Unter den Sternen.
Auf weißen Wellenkämmen
Ritten meine Gedanken.
Mit schwarzen Wogen
Rauschte mein Leben heran.

Meine Erinnerungen,
Alle glücklichen Jahre,
Das Bild der Frau, die mich liebt –
Und die schön ist, wie schwarze Wogen –
Geborgenheit gab ich, Schutz und Liebe
(Liebe, die zögert
und nicht gleich schwindet).

Aber verloren streife ich am Strand,
Unverstanden
Treiben meine Gedanken.
Wohin trägt die Welle mein Gefühl?
Werde ich dich noch finden am Meer,
Zögernd unter den Sternen?

Zwölf Sonette an Euphorion

„Ich fühle mich so fern und doch so nah
Und sage nur zu gern: da bin ich, da!“
Goethe, Faust II, 3. Akt (Helena zu Faust)

Erstes Sonett

Sie kam von ferne …
Fast aus fernsten Fernen …
Fast wie ein Sternbild,
das der Nacht verblieb
Und Chiffren schriebe, da es zeitlos trieb,
Um Licht und Dasein nahe zu erlernen.

Nicht mehr im fernen Raum!
Denn was von Sternen
Aus Zahl, Figur und Licht
als Strahl verblieb,
Wär' ihre Stille, die im Hiersein trieb
Und hier die Antwort wollte
statt in Fernen.

So kam sie her …
Unnahbar selbst im Nah'n …
Wie Winde, die den Zauber der Neriden
Vor Inseln im Vorüberweh'n besah'n:

Der Buchten Ferne,
die dem Blick beschieden,
Verbliebe, wehten meerwärts sie zurück,
In der Erinn'rung nahem Augenblick.

Zweites Sonett

Sie lieh den Blick der Bucht,
die ich ihr schuf,
Wie über Meere, die sie wachsen sah,
Bis endlich einer fernen Küste Ruf
Sie lockte, zu erschau'n, was nah geschah.

Als stiege blau umwunden der Vesuv,
So fühlte sie, was wunderbar schien, nah,
Daß sie die Hand mir gab:
„Da bin ich, da!",
Als wäre nah zu werden ihr Beruf ...

Als wär' sie Augenblick ...
Und Meereswogen
Verweilten, um den Augenblick zu bergen;
Geleiteten ans Ufer jetzt den Fergen

Vorbei an Riffen selbst,
die sonst sein Kahn
Im Gischtstrom schweren Wellengangs
durchzogen:
Sie schienen fast vertraut bei ihrem Nah'n.

Drittes Sonett

Ich sah der Augen schönere doch nicht …
Voll Blick, der wunderbarer
kaum beschieden
Selbst einer Göttin wär', ob auch hienieden
Wie Sterne glänzend funkelte ihr Licht.

Ihr aufzuseh'n schien
gottgewollte Pflicht …
Selbst als sie sank im Kuß des Priamiden
Und ihrer Wangen Purpurschimmer
schieden:
Noch schöner schien ihr blasses Angesicht.

Ich wählte dieses Augenblickes Maß,
Nicht ahnend,
daß zu flücht'gem Angebinde
Die Götter es dem Schwindenden verlieh'n.

Ihr deuchte das, was hiesig sie besaß,
Wie Blütendüfte, die im Strom der Winde
Verwehen und dem Augenblick entflieh'n.

Viertes Sonett

Ach, alte Träume dringen aus den Tiefen
Der Sehnsucht, die
der nahen Nacht entflieht,
Von Hügeln, die im Abendtau erschliefen,
Aus Tälern, die der Nebeldunst durchzieht.

Da schließen auch im Tale schon
die Blumen
Erschlafend ihre zarten Kelche zu,
Im hohen Grase noch
die Heimchen summen,
Und drunten rinnt der Bach
in schwarzer Ruh'.

Noch schwankend nur
die abendlichen Seen,
Die Wogen streichen sanft zum Ufer hin,
Als küßte sie der Winde lindes Wehen,

Die leiser Fahrt am Dorf vorüberzieh'n.
Es war, als käm'
aus schwarzen Ährenwogen
Das Träumen meinem Herzen zugeflogen.

Fünftes Sonett

Was aber trieb mich fort, hin in die Ferne,
Obschon zu Haus' ich traute Lauben sah?
Wo alles heimlich winkte. Selbst die Sterne
Am Abendhimmel schienen mir so nah.

Und Gärten, wohl geziert,
im Rausch der Rosen …
Da hab' ich schönste Stunden zugebracht,
Hab' ihrer Blütenpracht Metamorphosen
Allabendlich mit heißem Schau'n bedacht.

Wie fern strömt nun ihr Duft!
Ich fände hier
Von keiner Rose mehr als ihr Gesicht
Und fühle fast den welken Wandel nicht …

War's dieses: Daß ihr Welken ich bedacht,
Als ich im Rausch von Blütenpracht
und Nacht
Gewandelt bin in treibender Begier?

Sechstes Sonett

Und gab nicht jene Nacht
aus Rausch und Rosen
Den Namen dir? Du warst Euphorion …
Was wir erfühlten, wurdest du als Sohn,
Und alles war in dir …
Der Rausch der Rosen …

Und was uns trieb …
Der nahen Winde Kosen:
Ihr fernes Blätterspiel begannst du schon
Zu ahnen, eh' auch nur ein Duft davon
Erschauerte im Hauch der Herbstzeitlosen.

Wir aber fanden, was uns trieb, in dem
Erst werden, was
der Blütenstrom der Düfte
Im Rausch der Rosen
nächtlich wahr gemacht.

Sie füllten heimlich uns
mit Duft der Nacht.
Ihr stilles Schwanken schien
im Schwarz der Lüfte
Der fernen Morgenröte Diadem.

Siebtes Sonett

Der Nachtwind spiegelte die Wasser
schwarz.
In Brunnen schien ihr Spiegel noch so rein
Wie nach der Kelter rot gereifter Wein.
Sank fahl ihr Licht dahin …
Der Grund bewahrt's.

So fließt ein Strom
voll duft'gen Waldes Harz
Mit trunk'nem Purpurflor,
im späten Schein
Der Sonne rauschig funkelnd, an den Rain
Der dumpfen Fluren Ufer …
Wie aus Quarz …

Da rauschte auf ein Quell.
Im schwarzen Grunde
Ihn zu fassen, richt' das Auge schnell!
Bald wäre wohl dein Bild darin zu seh'n.

Du wärst im Grunde selber gar der Quell
Und fühltest, rinnend schon
durch Raum und Stunde,
Dein Spiegelbild im Schwanken
und Verweh'n …

Achtes Sonett

Sieh', aus dem Dunkel der nahende Mond!
Siehe, noch ehe am Himmel er thront,
Schiebt er wohl Schimmer und Flimmer
als Flor,
Dann erst sich selbst
in das Nachtlicht empor!

Steigt noch und herrscht schon.
Und leuchtet hervor
Aus aller Sterne bekränzendem Chor ...
Nahe der Ferne ... Das Antlitz betont
Liebreiz, der göttlich der Nacht innewohnt.

Nahten nicht wir
im mondnächtlichen Wind
Selbst so der Liebe von Göttern?
Nah ihren Zaubern, die göttliche sind,

Waltend ob Winden und Wettern,
Nahten wir ihr auch
als Menschengeschlecht
Und fänden menschlich
das göttliche Recht ...

Neuntes Sonett

Rilke, Orpheus

Da brach ein Quell …
Ein Born des reinen Steines;
Ein Nymphenborn und klarer Quell
im Mund,
Davon ich trank! Und gleich
dem Rausch des Weines
Umwandt mich seines Wassers
Liebesbund.

Ein Fisch im Wasser schwamm wohl
mit dem klaren,
Getrunk'nen Naß ans Ufer. Zum Gespiel –
Und nicht nach Nahrung –
rief ihn ein Gefühl
Durch Pflanzen, die
im tief'ren Wasser waren.

Es rief zum Trinken. Bald von dem Genuß
In Wein verwandelt
(der sich selbst bedächte,
Obgleich noch kaum in Reife aufgegangen),

Bald Süßholz, das man grün
zur Raspel brächte,
Und Parthenon, Athene zu empfangen,
So sprudelte es ganz in Spiel und Kuß.

Zehntes Sonett

Sie schlief im Most der Trauben,
da er kaum
Gekeltert war. Sie war in ihm und schlief.
Sie fühlte nicht die Früchte, bis ich rief
Und Rebstock auferstand und Apfelbaum.

Sie aß die Frucht. Voll ahnendem Gemüt
Entdeckte sie sich morgendlich geküßt,
Wie Apfelschale, die schon leuchtend ist,
Sobald im Tau des Tages Aufgang früht.

Sie wird ihn lieben,
aufgeweckt aus Träumen,
Als Schale funkelnd
zwischen allen Bäumen,
Deren Früchten Frühtau Labsal schenkt …

Den Mund voll Trank und Quell,
wie der Sonoren
Schönster sprudelt, liebend ausgegoren,
Sprudelt Frucht in meinen Mund gedrängt!

Elftes Sonett

Dies ist im Ozean das Land Pherä,
Dahin die Sehnsucht ihr
den Kahn verschlagen …
Das, kaum es ihrer Anmut Reiz besäh',
Erobert sich der Schönheit angetragen.

Die Wellen, windumflort erfrischten sie
Nie köstlicher den Zauber der Tritonen,
Als da im Schatten blühender Limonen
Sie lind empfing, in Duft und Poesie.

Als fühle sie sanft schlafend schon
im Schoß
Der Liebe lieblich werdendes Gesicht.
Berührt vom Meerwind, ihrer Kleider bloß,

War ihre Anmut lieblicher doch nicht,
Als da des Sohnes Werden
sie durchdrungen.
Was fern ihr war, hielt sie nun
nah umschlungen.

Zwölftes Sonett

Verweilt' ein Augenblick, wie wär' er ferne?
Wir können lesen,
                  was sein Sternbild schrieb ...
Die Chiffre, die aus dunkler Tiefe trieb,
Nach Licht befragen ...
                  Statt der Antwort lerne,

Sie nah zu fühlen, ohne daß der Sterne
Glanz du suchtest, der doch fern verblieb.
Denn nur der Abglanz lieh' sich dir.
                  Es trieb
Sein Dasein endlos scheinend in der Ferne.

Empfänden nicht Unnahbares wir nah'n?
Umglänzten uns die Zauber der Neriden,
Die wir auf Ozeanen fern besah'n:

Myriaden Wellen,
                  die dem Aug' beschieden –
Wiche Wog' um Woge auch zurück –,
Verweilten mit dem einen Augenblick.

Das Lied vom Wassermann

Dumpf aus Wald und Bergesrücken
Dringt der Nacht gespenst'ges Munkeln,
Und im Uferschilf des Seegras'
Schaurig stöhnt der Wassermann.

Nah am tiefen Mondscheinweiher
Aus dem Rohr der garst'gen Sümpfe,
Dort, wo Mitternacht am Seerand
Strömt, ertönt ein Unkenschlag.

Und die Blicke aus dem Seegras
Wallen durch die dunklen Fluten
Zu des klaren Himmels Nachtglanz,
Wo der Welten Sehnsucht fließt.

Wallen klar, wie blaue Perlen
An den Schnüren der Geschmeide,
Die am vagen Wasserspiegel
Abendlich das All umzieh'n,

Wenn aus all der alten Nächte
Gläsern abgeschloss'nen Welten
Diamant'ner Töne Weise
Still anhebt das Klageweh.

Ach, beim bleichen Elfenreigen
Aus den langen Wasserschlingen
Lauscht's den alten Wundersagen
Durch des Sees Ufergras:

Wie so wundervoll befangen
Schwebt darin der Sterne Flüstern!
Mit dem Mondschein um der Elfen
Taubenetzten Wiesentanz.

Seidenschleierweiß umwunden,
Schwenken sie die leichten Schärpen,
Um Titania Blütenschleifen,
In der Mondscheinuferau.

Sieh, zum Throne steigt Titania,
Hellumkränzt geschmückt ihr Antlitz!
Dicht gedrängt ringt das Gefolge
Und umwogt den Königsthron,

Harrt in freudiger Erwartung
An den Schranken und hält Ausschau
Nach dem Bräut'gam, daß umjubelt
Er mit Glockenklängen naht.

Niemand hört darob die Kröte
Auf den alten Schaufelblättern,
Stöhnend nur im Trug der Träume
Wendet sich der Wassermann.

Schaut empor vom schwarzen Seegrund
Zu der Sterne Sehnsuchtsglitzern,
Und des Mondnachthimmels Abglanz
Schwimmt ihm um das Algenhaar.

Variationen

Veränderte Fassungen

Fast Frühling

Viola oder Narziss',
Da der Frühling anklopft,
Öffnet die Krokuswiese
Sonnenfacetten.

Des Teichs Trauerweiden
Zu früh für ein Grün,
Fast in des Welkens
Hängender Tönung.

Mühlrad vor dem Café –
Wird dort ein Tisch frei?
Fast für der Sperlinge
Zwitschern zu spät!

Fast Frühling

Fast Frühling!
  Viola oder Narziss',
    Da der Frühling anklopft,

Öffnet die Krokuswiese
  Sonnenfacetten.
    Des Teichs Trauerweiden

Zu früh für ein Grün;
  Fast in des Herbstes
    Hängender Färbung …

Fast Frühlingsromantik

Eichendorff, Taugenichts

Da der Frühling nun anklopft,
  Kräuselt der Mühlgraben
    Sonnenfacetten.

Unter des Teichs Trauerweiden
  Braust das Mühlrad,
    Die Goldammer ruft

Und lockt die Spatzen.
  Frech tummeln sie sich
    Zwischen Tischen vor dem Café.

Fast Mühlenromantik

Eichendorff, Taugenichts

Weil Frühling vom Dach tröpfelt
Kräuselt der Mühlgraben
Sonnenfacetten.

Das Rad braust wieder,
Die Goldammer ruft
Und lockt die Spatzen.

Frech tummeln sie sich
Zwischen Stühlen und Tischen
Vor dem Café.

Fast Mühlenromantik

Eichendorff, Taugenichts

Weil Frühling vom Dach tröpfelt,
 Kräuselt der Mühlengraben
  Sonnenfacetten.

Das Rad braust und rauscht
 Schon wieder recht lustig
  Zum Zwitschern der Spatzen.

Sie tummeln sich zwischen
 Den Stühlen und Tischen
  Vor dem Café.

An Werther

Verkünder währender Leiden!

Aus Ossians Gräbern steigt
Glänzender Schatten wehmütigen Todes,
Mitternächtlich die bleichen Täler
Besilbern den Strom.

Mondhelle Frühe
Quillt in den Schmerz der Hügel –
Schmelz der Tränen,
Gänzlich verschüttetes Herz!

Werther

Liebesschatten,
    Mitternächtlich
        Bleichend die Täler.

Silbernd den Strom,
    Mondheller Sehnsucht
        Tränenschmelz.

In Wehmutswäldern
    Versiegender Quell
        Flehender Herzen.

Mondscheinnacht

Werther

Liebesschatten, Flimmer,
Mitternächtlich geheimnisvoll,
Bleichend die Täler –

Silbernd den mondhellen Strom,
Der zaghaften Sehnsucht
Tränenschmelz –

Im Weh der grünenden Wälder
Der flehende Quell
Gequälter Herzen.

Mondschein

Flimmer, geheimnishell,
Silbernd des Stroms
Ruhiges Fließen –

Am kühlenden Quell
Zaghafter Qual
Schattenschmelz –

Glanz des Grüns,
Weh über Wäldern
Bangender Herzen.

An Novalis

Wenn nicht mehr Zahlen und Figuren ...

Linde Sagen
Auf dem Wege der Sänger
Raunt der romantische Abend,
Minnelieder vor Burgen.

Blaue Blume –

Mosaik alter Freiheit,
Wilder Klüfte Urgewächs,
Erblüht in Klostergärten.
Der Ahnen sinnige Poesie!

Novalis

Zum 200. Todestag am 25. März 2001

Am Wege der Nacht,
    Todesromantisch,
        Die Sage:

Lichtblauer Blume
    Alraune, verwurzelt
        Im Fels,

Bräche die Burgen,
    Schlösse des Friedens
        Geheimgänge auf.

Blaue Blume

Zu Novalis 200. Todestag 2001

Am Wege der Nacht,
    Weltfarben erblüht,
        Die Sage:

Lichtblauer Blume
    Alraune, verwurzelt
        Im Fels,

Sprengte sie Spalten,
    Schlösse des Friedens
        Geheimgänge auf …

Blaue Blume

Zu Novalis 200. Todestag 2001

Am Fuße der Felsen,
    Weltfarben erblüht,
        Die Blume:

Mondflutübergossen,
    Die Wurzel – Alraune –
        Im Stein,

Sprengte sie Spalten,
    Fände des Friedens
        Geheimgänge auf …

Der Nachmittag eines Faun

Claude Debussy

Horizontweit segelweißes Meer,
  Yachtenzauber schimmern
    Auf Smaragd,

Prélude à l'après-midi d'un faune –
  Korall'ner Klippen Aufdrift
    Perlenflöten,

Die in Strudeln Töne spielen,
  Tragen Tiefenwiderhall
    Aufs Meer …

Nachmittag am Meer

Horizontblau segelweißes Meer …
    Buchten yachtenfarben
        In Smaragd –

Klang aus Strudeln,
    Wenn die Tiefen
        Harfe spielen –

Wie von korall'nen Flöten
    Perlt ein Widerhall
        Aufs Meer …

Mittag am Meer

Horizontblau segelweißes Meer …
    Buchten yachtenfarben
        In Smaragd –

Der Tiefenflöte Ton
    Perlt, wo die Strudel
        Harfe spielen –

Klang der Grotten –
    Wider hallt
        Korall …

Mittag am Meer

Segelstille, horizontweiß, blau …
Die Bucht ruht, ankernd
Yachten auf Smaragd.

Vor Klippen Harfenklänge,
Wo die Strudel spielen …
Tiefentöne

Perlen aus Korall'.
Grotten wandeln
Flötenwiderhall …

Abenddämmerung

Baumes Geflüster
Zittert im Säuseln
Trügerisch frisch –

Singdrossellieder,
Frühjahrsgeschenke
Vermutet der Flieder –

Spätes Geläute
Zu fallendem Frieden –
Ohne Gebet!

Asternabend

Zitterndes Säuseln
Aus Fliedererinnerung,
Trügerisch frisch:

Baumes Geflüster …
Ein Sommergeschenk
War der Friede.

Auf dämmernde Astern
Fällt das Geläute
Ohne Gebet.

Asternabend

Benn, Astern

Die Rosen ersehnt …
Mit zögernder Stunden
Beschwörungsbann –

Des Sommers Vermuten …
Ein Schwalbengeschenk
Ist der Friede.

Auf dämmernde Astern
Sank Abendgeläute
Ohne Gebet.

Asternabend

Benn, Astern

Noch einmal das Ersehnte
    In zögernder Stunden
        Beschwörungsbann!

Noch einmal ein Vermuten
    Begleitet der Schwalben
        Sterbensflug.

Noch einmal auf Astern
    Sinkt dämmernden Werdens
        Gewißheitsnacht.

Essays

über:

Caspar David Friedrich,
Annette von Droste-Hülshoff,
Johann Wolfgang Goethe

Caspar David Friedrich käme kaum mehr zum Kreidefelsen

Romantik und Rügen-Mythos heute

„Der Maler soll nicht bloß malen, was er vor sich sieht, sondern auch, was er in sich sieht. Sieht er aber nichts in sich, so unterlasse er auch zu malen, was er vor sich sieht.“ Auf diese Formel brachte Caspar David Friedrich (1774-1840) sein künstlerisches Bekenntnis. Der große Maler der Romantik vereinigte wie kein anderer vor ihm in seinen Bildern bizarre Landschaft und beschauliches Empfinden in wirklichkeitsnaher Übereinstimmung. Er schuf Gemälde voll schierer Leuchtkraft komplementär zu Schatten und sogar Finsternis.

Um das Ölbild „Der Mönch am Meer“, um 1808 entstanden, rankte sich in Caspar David Friedrichs romantischer und klassizistischer Epoche, was man heute gern mit „Kult“ bezeichnet. Ein Mensch in Kutte steht auf bleichem Strandgestein, klein und unbedeutend, allein vor schwarz-bedrohlich gischtender Flut, unter blassen und blauen Wirbeln von Himmelslicht, in die pechfarbenes Düster aufsteigt und gleichzeitig aus ihnen herabzufallen scheint. „Nichts kann trauriger und unbehaglicher sein als diese Stellung in der Welt: der einzige Lebensfunke im weiten Reiche des Todes, der einsame Mittelpunkt im einsamen Kreis“ – in dieser Weise fühlte Heinrich von Kleist sich in das Bild einbezogen: „So

ward ich selbst der Kapuziner ... in einer unendlichen Einsamkeit am Meeresufer."
Caspar David Friedrich war sein Leben lang durchdrungen von der Sehnsucht, einsame Zwiesprache mit der Natur zu halten, vor allem am Meer. Seiner Geburtsstadt Greifswald gegenüber, nur getrennt durch das Küstengewässer der Ostsee, liegt die Insel Rügen. Dort sah der Maler das vor sich, was zu jenem paßte, welches er in sich sah. „Die stille Wildnis der Kreidegebirge und die Eichenwaldungen waren im Sommer, noch mehr aber in der stürmischen Zeit des Spätherbstes und im angehenden Frühling, wenn auf dem Meer an der Küste das Eis brach, sein beständiger, sein liebster Aufenthalt", überlieferte der Arzt und Naturphilosoph Gotthilf Heinrich von Schubert.
Die Kreideklippen von Stubbenkammer hatten es dem Maler besonders angetan. Er kletterte oft im Morgengrau auf nie von Menschen begangene Zakken der Felswand über dem Meer, während sich unten in ihren Booten die Fischer um ihn sorgten. In Sturm und Regen hielt er Ausschau über die schäumenden Wogen, prägte sich ein, was er sah und wie er es sah.
„Ich muß mich dem hingeben, was mich umgibt, mich vereinigen mit meinen Wolken und Felsen, um das zu sein, was ich bin." Den Sinn seiner Worte verdeutlicht Caspar David Friedrich selbst in seinen großen Naturgemälden. Wer ihre Abbildungen dort sucht, wo der Maler seine Motive fand, wird meist vergeblich suchen. Der Künstler formte die Abbildungen so um, wie er sich mit ihnen vereinigt wähnte, skizzierte wilde oder andächtige Landschaf-

ten im Einklang mit Helligkeit oder Dunkel in der Absicht, der empfundenen Romantik den passenden Ausdruck zu verleihen: „Nicht die treue Darstellung von Luft, Wasser, Felsen und Bäumen ist die Aufgabe des Bildners, sondern seine Seele, seine Empfindung soll sich darin widerspiegeln."

Das Verweben von Individuum und Umwelt, von idyllischen Details und Farben in Luft, Wasser, Felsen oder Bäumen zur unauflöslichen Einheit eines romantischen Bildes gelang dem Maler mit dem um 1818 als Ölgemälde geschaffenen „Kreidefelsen auf Rügen". Das Bild, in das Caspar David Friedrich sich selbst und seine Frau auf Hochzeitsreise malte, leuchtet aus Atmosphäre und Meer, Klippen und Laubgeäst, als richte die Natur ihre eigene Hochzeitsfeier aus, als wehten die beschienenen, mehr gelb-beigen als weißen Felsen um das golddurchtränkte Meeresblau wie Schleier; über allem der Sommertag, der sich glastig hell aufzulösen scheint, wo der Blick des laubbeschatteten Betrachters in der Ferne das Unendliche erreicht.

„Der Kreidefelsen auf Rügen", das Bild, welches nicht nur seines Malers Seele und Empfindung widerspiegelt, sondern schon atmosphärische Dichte vorwegnimmt, wie sie erst ein halbes Jahrhundert später der Impressionismus entwickelt, hat vor allen anderen Gemälden einen Rügen-Mythos geschaffen. Maler, Dichter, Musiker, Theologen und Gelehrte, dazu viele Reisende wohlhabender Klassen zog die Insel seit Beginn des 19. Jahrhunderts in ihren romantischen Bann. Müßig zu beklagen, daß allzuviele dort, wo sie Caspar David Friedrichs Motive vermeinten, malten oder niederschrieben, was sie vor

sich sahen, ohne die Mahnung zu bedenken, es zu unterlassen, wenn man nichts in sich sieht.
Aber der romantische Blick auf die Insel hielt diesem Ansturm stand, mündete in die klassizistische Betrachtungsweise ein und inspirierte die kulturelle Entwicklung des gesamten 19. Jahrhunderts. Neben Ernst Moritz Arndt, dem 1769 in Groß Schoritz auf Rügen geborenen Literaten, wirkten unter anderem auch der Maler Philipp Otto Runge, der Baumeister Karl Friedrich Schinkel und die Musiker Clara Schumann und Johannes Brahms zeitweise auf der Insel und hinterließen wie ein gutes Dutzend weiterer bedeutender Kulturschaffender ihre Spuren.
Viele dieser Spuren führen nach Putbus, der in vierzig Jahren DDR-Sozialismus schändlich verkommenen und erst in jüngster Zeit wieder ansatzweise restaurierten Residenzstadt der Putbuser Fürsten. Fürst Wilhelm Malte zu Putbus hatte sie zwischen 1807 und 1854 im klassizistischen Stile erbauen lassen; er war ein großer Förderer von Kunst und Kultur. In der Orangerie des früheren Schloßparkes zeigt eine Daueraustellung das Wirken der Romantik auf Rügen. Elf Repliken von Gemälden Caspar David Friedrichs sind dabei, darunter „Der Mönch am Meer“ und „Kreidefelsen auf Rügen“, aber auch die schauerliche „Abtei im Eichwald“, das nachtromantische Motiv „Mann und Frau, den Mond betrachtend“ und die „Landchaft mit Regenbogen“, in welcher der Maler das Gedicht „Schäfers Klagelied“ von Johann Wolfgang Goethe malerisch umgesetzt hat. Der Dichter selbst erstand dieses Bild, als er im September 1810 Caspar David Friedrich besuchte.

Ein Besuch der Werke des Malers empfiehlt sich auch in unseren Tagen. Und da die Originalwerke in aller Welt verstreut oder auch verschollen sind, bieten sich die Repliken in der Orangerie von Putbus an. Die historischen Motivlandschaften des Malers aufsuchen sollte hingegen nur, wer sich zur Einreihung in den touristischen Herdenauftrieb auf die Klippen von Stubbenkammer eignet, denn die Romantik dort wurde zum einen dem Konsum geopfert, zum anderen als Naturreservat allen Idyllesuchenden versperrt. Es muß gar bezweifelt werden, hätte Caspar David Friedrich in unserer Gegenwart gelebt, ob seine großen Werke entstanden wären. Wohl kaum mehr käme er zu den Kreidefelsen, wo er sich seinerzeit mit der Natur vereinigte, um das zu werden, was er war. Und seine Hochzeitsreise zu den Klippen würde heute erst einmal zum fünf Kilometer entfernten Parkplatz führen, denn die Zufahrt zu den klippennahen Parkplätzen ist für den Privatverkehr gesperrt. Also den Wagen in ziemlicher Entfernung parken, gegen Tagesparkscheingebühr, und in den Pendelbus einsteigen, dabei mit der Rückfahrkarte auch die Eintrittskarte für den Klippenaufgang lösen. Dort zuerst mit den Besuchermassen auf den Königsstuhlfelsen, den Blick auf die Ostsee richten, wie neben einem auch die anderen es tun, und fotografieren. Dann den zehnminütigen Weg zur „Viktoriasicht" laufen. Von schmaler Brüstung die Ausschau herrlich über Kreidewand und Meeresweite schweifen lassen und dabei immerhin eine Ahnung erhalten, wie diese Landschaft einst die Romantiker so vollkommen in ihren Bann schlagen konnte. Zwischendurch zum Zugangsweg schielen, ob wer dort

wartet, daß ihm der Aussichtspunkt freigemacht werde …
Zu den naturlandschaftlich herausragenden Plätzen Rügens gehört die südlich zur Küste hin vorgelagerte „Urwaldinsel" Vilm. Sie war eine Malerinsel, ehe die SED-Machthaber sich Vilm als Ferieninsel auserkoren. Heute ist die Insel als Naturschutzgebiet ebenfalls gesperrt und nur von Rundfahrtschiffen aus nahe zu sehen. Für sein Ölbild „Landschaft mit Regenbogen" zu Goethes Gedicht „Schäfers Klagelied" nahm Caspar David Friedrich das Eiland Vilm als vom Regenbogen überspanntes Hintergrundmotiv, bis zu welchem hin der Schäfer von seiner Anhöhe aus Landschaftsidyll und Wasser überblickt. Idyllische Perspektiven solcher Art lassen sich durchaus noch auf Rügen finden, abseits der Tourismusschauplätze, oder wenigstens dort, wo der Fremdenverkehr noch nicht überhandgenommen hat. An der südlichen Spitze der Rügener Halbinsel Mönchsgut etwa, in der Gemeinde Thiessow rund um das Dorf Klein Zicker, führen Wanderwege durch die weitgehend zugängliche Kulturlandschaft zwischen Boddenmeer und offener See. Selbst der gebührenpflichtige Parkplatz vor dem Fischerdorf mit dem Hinweis „Keine Parkmöglichkeit im Ort" muß niemanden ärgern. Denn Parkplätze sind sehr wohl an den Gasthäusern vorhanden. Besonders das „Zollhaus", im Stil seiner ursprünglich ländlichen Umgebung eingerichtet, empfiehlt sich mit Panoramaveranda und Caféterrasse zur Einkehr.
Jenseits des Küstenmeeres, vom gegenüberliegenden Festland her, erhebt sich die Greifswalder Silhouette. Dort hatte Caspar David Friedrich als Sohn eines

Seifensieders das Licht der Welt erblickt und seine Jugend verbracht. Später, nach Studium an der Kunstakademie Kopenhagen, lebte er in Dresden, von wo aus er noch sieben Mal nach Rügen kam. An der Dresdener Akademie erhielt der Maler im Jahre 1824 die Ernennung zum außerordentlichen Professor, jedoch nie ein Lehramt, das ihm sein Einkommen gesichert hätte. So starb er in der kursächsischen Residenzstadt verarmt, verbittert und zunehmend geistig umdüstert im Alter von 66 Jahren.

Wo auf dem Balkon der Sturm im flatternden Haare wühlte

Meersburger Eindrücke zum 200. Droste-Geburtstag

Noch waren die Feiern zum 200. Geburtstag der Dichterin Annette von Droste-Hülshoff im Jahr 1997 nicht ausgeklungen, da bereitete das Bodensee-Städtchen Meersburg sich schon auf ihren 150. Todestag 1998 vor. Denn in der schmuck herausgeputzten einstigen Residenzstadt der Konstanzer Fürstbischöfe mit ihrer unvergleichlichen Lage am Seeufer, ihrer beeindruckenden Renaissance- und Barockarchitektur und ihren heute unzähligen Touristen starb Annette von Droste-Hülshoff am 24. Mai 1848 im Alter von 51 Jahren auf der Burg, die dem Ort den Namen gab und deren „Dagobertsturm“ als ältester Burgturm Deutschlands seine Fundamente im 7. Jahrhundert erhalten haben soll. Auf der Meersburg auch bewirkte die Freundschaft mit Levin Schücking Annettes späten lyrischen Höhenflug. Dort entstanden Verse wie: „Ich steh’ auf hohem Balkone am Turm, / Umstrichen vom schreienden Stare, / Und laß’ gleich einer Mänade den Sturm / Mir wühlen im flatternden Haare …“, an denen nicht vorbei kam, wer Annettes Rolle als Frau in der Enge ihrer Zeit betrachtete – und dabei manchmal die überragende Dichterin aus den Augen verlor, besonders dann, wenn das Augenmerk auch noch auf die Schücking-Beziehung fiel, obschon das

provinzielle Bild der „Dichterin Westfalens“ oder des alternden Adelsfräuleins am Bodensee lange schon einer Gesamtsicht gewichen war, die der Droste ihre Bedeutung für die deutsche Dichtung in Abkehr von der Romantik und Hinwendung zum modernen Realismus attestierte.
Wollte also die Stadt Meersburg gemäß der großen Bedeutung der Dichterin tatsächlich zwei Jahre lang ein literarisches Gedenken begehen? Die Literaturfreunde unter dem Millionenheer der Meersburger Besucher fanden die Antwort auf die Frage in Schaufenstern oder auf Ladentheken, in den Karten der Restaurants oder Cafés: Überall sprangen die Annette-Pralinen, Droste-Kuchen, Droste-Hülshoff-Eisbecher oder der Annette-von-Droste-Hülshoff-Wein höchst ungeniert ins Touristenauge, so daß die kurze Parkzeit im Bereich der historischen Altstadt für den Tagesreisenden kaum ausreichte, um an all der Annette-Kommerzialisierung seinen Anteil zu haben.
Das renommierte „Staatsweingut Meersburg“ hatte die Vermarktung mit der Weinselektion „Annette von Droste-Hülshoff, 1995er Qualitätswein trocken“ gleichsam eingeläutet. „Zu Ehren der Dichterin“ las man und staunte, mit welchen Worten dem Kunden Literaturbewußtsein vermittelt wurde: „O sieh, wo die verletzte Beere weint / Blutige Thränen um des Reifes Nähe; / Frisch greif in die kristallne Schale, frisch, / Die saftigen Rubine glühn und locken; / Schon fühl’ ich an des Herbstes reichem Tisch / Den kargen Winter nahn auf leisen Socken.“ Bei all der großartigen Lyrik Annettes gerade diese nichtssagenden Verse heranzuziehen, rückt die Meersburger

„Ehrung“ von Anfang an ins rechte Licht. Dabei gilt nicht etwa der Vermarktung an sich die Kritik, sondern der bloßen Niveaulosigkeit, mit welcher das Weingut die überragende Lyrikerin im übertragenen Sinne „deklassierte“.
Zu Recht mag eingewendet werden, daß man auch mit Goethe auf Weinflaschen warb und wirbt. Im Rheingauer Weingut von Brentano etwa hat der „Goethe-Wein“ eine alte Tradition. Diese wurde durch Beziehung zu Schloß und Wein von Goethe selbst begründet, und man erweist ihm die Reverenz noch heute mit der Rieslingtraube, deren 1811er Jahrgang der Dichter als seinen „Lieblingswein“ genoß und noch im Gedichtband „West-östlicher Divan“ rühmte.
Gebührt dem Riesling die Krone unter den deutschen weißen Weinen, so dem Spätburgunder unter den roten. Dieser Spätburgundertraube verdankte gerade der Bodensee-Weißherbst seinen klassischen Ruf. Doch hat man vor Jahrzehnten den Rebanbau des anspruchsvollen Spätburgunders verringert zugunsten wirtschaftlich bevorzugter, aber weniger wertvoller Trauben. Für den „Droste-Wein“ wurde analog nicht die Tradition, sondern die Wirtschaftlichkeit als Maßstab genommen: der billigeren Herstellung, des größeren Vorrats wegen, auch wenn in Meersburg solches niemand wahrhaben wollte. Denn an den Ladentheken oder in der Gastronomie bekam ich oft von einem traditionellen Bezuge zu hören: Der Wein sei ein „Cuvée“ aus Trauben, wie sie Annette von Droste-Hülshoff selbst im eigenem Weinberg am „Fürstenhäusle“ seinerzeit angebaut habe.

Welche Trauben, wußte mir jedoch niemand zu nennen.
Dabei wäre es einfach gewesen, denn das seriöse Staatsweingut wies sie dem Kunden aus: Weißburgunder, Ruländer (Grauburgunder) und der ertragreiche, am Bodensee längst vorherrschende Müller-Thurgau. Sie bildeten einen Cuvée, der nur seines weit überhöhten Preises wegen Beachtung verdiente. Annette von Droste-Hülshoff jedenfalls hatte aus diesen Trauben keinen Cuvée gekeltert. Zu ihren Lebzeiten war noch nicht jede der drei Rebsorten bekannt.
In seinem Buch „Sie atmete Lyrik" stellt der Autor Wilhelm ten Haaf in einer Szene köstlich dar, was die Dichterin wohl zu erwarten gehabt hätte, hätte sie 150 Jahre nach ihrer Zeit ihre Meersburger „Gedenkfeierlichkeiten" zu besuchen vermocht: „Man wird sie anrempeln, weil die engen Straßen die Menschen kaum zu fassen vermögen ... An jeder Ecke Geschäfte mit Souvenirs. Postkarten, Bildchen, Anhänger mit Annettes Konterfei ... Vielleicht sollten wir als Bild die Situation stellen, daß Annette gerade Autogramme gibt ..."
Und doch, trotz allem mangelt es auch in Meersburg nicht an wirklichen Begegnungen mit der Dichterin Annette von Droste-Hülshoff. Im „Fürstenhäusle" etwa, das sie wenige Jahre vor ihrem Tode erwarb, aber ihrer Krankheiten wegen nie wirklich bewohnen konnte. Vom Weinberg umgeben, mit dem reizvollen Blick über Ufer und See, der bei klarem Wetter die Schweizer Alpen in das Himmelsblau eintauchen sieht, findet der Besucher in diesem Hause das liebevoll eingerichtete und sorgfältig an-

geordnete Droste-Museum vor. Vom Tonband ertönt die Stimme des verstorbenen Schauspielers Günter Strack, der zu den Freunden des „Fürstenhäusle“ zählte. Er berichtet von biographischen Stationen, während an der Wand, auf Kommode, Tisch oder Sekretär die Bilder und Schriften an die Dichterin und ihr nahestehende Menschen erinnern. Hier erfährt der Literaturfreund auf wohltuende Weise von vielem, was die Dichterin bewegte oder für ihr Schaffen prägend war. Nur dem Büchertisch, mit arg spärlicher Literatur von und über Annette, möchte man manche Ergänzungen wünschen.
Letzteres stellt sich im Museum auf der Meersburg, wo die Droste starb, ganz anders dar. Dort defiliert der Besucherstrom an fast allem vorbei, was in jüngster Zeit zwischen Buchdeckeln über die Dichterin erschienen ist. Allein, wer um der Droste willen das Burgmuseum besucht, muß den schier unendlich scheinenden Rundgang durch Gewölbeflure, Säle, Kemenaten, Kammern, die Turmtreppen hinauf und hinab und durch den Burggarten schaffen, ehe er zu guter Letzt doch noch jene Zimmer sieht, welche die Dichterin während ihrer späten Lebensjahre in der dumpfen Burg des Schwagers von Laßberg bewohnte. Doch in den Zimmern haftet der Blick auf heiterem Biedermeiermobiliar, fällt durch die Fenster des tiefen Gemäuers über die Schindeldächer der unteren Stadt hinweg auf den Bodensee. Der Literaturreisende wird hier vielleicht wähnen, der Dichterin nahe zu sein, wird wie sie an hellen Tagen den See „azurblau und goldschimmernd“ glitzern sehen oder „in Regen und Nebel mit den Wolken vermischt einem dampfenden, riesigen Wasserbecken“ gleich.

Und wenn er hernach, gerade an „azurblau und goldschimmernd" geprägten Tagen, auf dem Balkone des Burgcafés sitzend, Ausschau hält, wird er beim Anblick des Sees vielleicht auch manche Wahrnehmung wie einst Annette von Droste-Hülshoff empfinden.

Auf dem Meersburger Friedhof ist die Dichterin begraben. Auch dorthin sollte der Weg des Literaturfreundes führen. Professor Wilhelm Gössmann, über viele Jahre Leiter des deutschen Eichendorff-Instituts und Vorsitzender der Heine-Gesellschaft, bekannte einmal, bei jedem Meersburg-Besuch immer auch die Grabstätte der Droste zu besuchen und dabei eine Blume niederzulegen ...

Des Lebens Pulse schlagen frisch lebendig …

Von Goethes Verskunst

Millionen Menschen aller Nationen besuchen auch ein Vierteljahrtausend nach seinem Tod noch Johann Wolfgang Goethes Wirkungsstätten. Der Dichterfürst selbst wäre wohl davon kaum überrascht, war ihm doch zu Lebzeiten schon bewußt, sein Werk werde im Weltkulturerbe einen herausragenden Rang bekleiden. Und so führt er in seinem autobiographischen Werk „Dichtung und Wahrheit" nichts weniger als die Gestirne an, um gebührend gleichsam seiner Geburt kosmische Bestimmung zu rühmen: „Am 28. August 1749, mittags mit dem Glockenschlage zwölf, kam ich in Frankfurt am Main auf die Welt. Die Konstellation war glücklich; die Sonne stand im Zeichen der Jungfrau und kulminierte für den Tag; Jupiter und Venus blickten sie freundlich an (…): nur der Mond, der soeben voll ward, übte die Kraft seines Gegenscheins um so mehr, als zugleich eine Planetenstunde eingetreten war. Er widersetzte sich daher meiner Geburt, die nicht eher erfolgen konnte, als bis diese Stunde vorübergegangen."
Den Dichter Johann Wolfgang Goethe spiegeln abertausend Publikationen wider. Sein Erscheinungsbild in einem Essay schildern zu wollen, wäre daher ein müßig-erfolgloses Unterfangen. Allein schon poetisch hat Goethe in den klassischen Diszi-

plinen Lyrik, Epik und Drama fast jede Kunstcharakter-Facette der deutschen Literatur mitgeprägt.
Im Jahre 1624 hatte der Schlesier Martin Opitz mit dem „Buch von der deutschen Poeterei" der Nationalliteratur ihren ersten Regelkanon beschert. Besonders die deutsche Versdichtung hatte vornehmlich die Formen der griechisch-römischen Antike (Distichen aus Hexameter und Pentameter) und die streng provenzalische Fassung des Sonetts (mit dem Alexandriner als metrischem Maß) übernommen.
Seit der Mitte des 18. Jahrhunderts aber lösen sich die Dichter mehr und mehr von den klassisch-antiken Formen. Allen voran Johann Gottlieb Klopstock dichtet Gefühl betonende, Naturnähe und vaterländische Kultur preisende Hymnen zunehmend in freien und endreimlosen Rhythmen. Seine 1771 veröffentlichten „Oden" begeistern auch Goethe, der um diese Zeit als „Stürmer und Dränger" in die Literatur eintritt.
Doch Goethe, obschon er für viele Gedichte dieser Zeit auch freie Rhythmen wählt, so etwa für „Ganymed" und noch um 1780 für „Prometheus", behält von Anfang an den Reim für seine Verskunst bei. Er erweitert die Poetik des Verses schon früh um die alten nordischen Volksliedformen und nutzt auch den Refrain: „Sah ein Knab' ein Röslein stehn ...; Röslein, Röslein, Röslein rot". Mit dem „Heideröslein" gelingt ihm ein Kunstgedicht, das weltweit als ein Volkslied gilt und an Berühmtheit seinesgleichen sucht.
Wolfgang Kayser stellte in „Geschichte des deutschen Verses" fest: Goethe „nimmt alles auf, die Begegnung mit dem antiken Vers, den Hexameter, das

Distichon, den Volksliedvers, den altdeutschen Vers – und war ja führend in der Neueinführung der Knittelverse". Blieben bei Johann Gottfried Herder noch die nordischen Versformen auf die Volksballade beschränkt, erkannte Goethe die ihnen innewohnende kreative Kraft für die neue Literatur. Anders als die stilistisch strenge antike Dichtung verlangte die junge und stimmungsvolle deutsche Literatur nach Betonung und Modulation. In dem Gedicht „Meeresstille" entspricht das trochäische Versmaß dem sprachlichen Bezug der sinkenden Stimmung; auf die betonte Stimmhebung folgt die unbetonte Stimmsenkung: „Tiefe Stille herrscht im Wasser, / Ohne Regung ruht das Meer, / Und bekümmert sieht der Schiffer / Glatte Fläche rings umher. / Keine Luft von keiner Seite! / Todesstille fürchterlich! / In der ungeheuren Weite / Reget keine Welle sich."
Dagegen verleiht die jambische Metrenstruktur, wenn aus der unbetonten Silbe die betonte gleichsam emporsteigt, der getragenen Stimmung in dem Gedicht „Glückliche Fahrt" die adäquate Ausdrucksform: „Die Nebel zerreißen, / Der Himmel ist helle, / Und Äolus löset / Das ängstliche Band. / Es säuseln die Winde, / Es rührt sich der Schiffer. / Geschwinde! Geschwinde! / Es teilt sich die Welle, / Es naht sich die Ferne; / Schon seh' ich das Land!" Das Versmaß ist: unbetonte – betonte Silbe, dann zweisilbige Senkung, bevor die Zeile mit betonter Silbe schließt (meist mit Ausklang). Diesen Wechsel von Jambus und Anapäst, der eigentlich nicht als echter Anapäst klingt, da seine erste unbetonte Silbe klanglich der vorangegangenen betonten zugehörig scheint, formt Goethe ebenso gern und oft, wie er als

erster deutscher Dichter auch in Versen mit Endreim den freien Rhythmus gestaltet. Nach dem Vorbild des aus Italien bekannten „Madrigalischen Verses“ werden unterschiedliche Metrik und Zeilenlänge verknüpft, um schwankende Befindlichkeiten aufzuzeigen. Goethe hat so in „Wanderers Nachtlied“ aus dem Jahre 1776 gedichtet: „Ach, ich bin des Treibens müde! / Was soll all der Schmerz und Lust? / Süßer Friede, / Komm, ach komm in meine Brust!“ Und ebenso in „Wanderers Nachtlied“ aus 1780: „Über allen Gipfeln / Ist Ruh', / In allen Wipfeln / Spürest du / Kaum einen Hauch; / Die Vögelein schweigen im Walde. / Warte nur, balde / Ruhest du auch.“
1786 bricht Goethe zur Italienreise auf. Im darauffolgenden Jahrzehnt schreibt er die großen, darunter die „römischen“ Elegien, weltanschauliche und dem Italienischen verbundene Spruchgedichte. Der neue, klassische Goethe übersteigt damit den bisher nordisch begrenzten Horizont seiner Verskunst. Der einstige Stürmer und Dränger, der antikes Versmaß ablehnte, wendet sich nun getreu dem Grundsatz, daß sprachlicher Bezug und Form korrespondieren müssen, dem Distichon aus Hexameter und Pentameter zu. Wo Goethe hingegen deutsche Traditionen weltanschaulich aufgreift, dichtet er in Stanzen, der mittelalterlichen Versform, wie sie am sizilianischen Hofe des Stauferkaisers Friedrich II. gepflegt wurde, der zu einer Zeit des Höhepunktes abendländischer Kultur nordländische und südländische Einflüsse vereinte.
Wie bei der „Zueignung“ des „Faust I“ verwendet Goethe die Stanze oft für hohes, feierliches Spre-

chen: „Ihr naht euch wieder, schwankende Gestalten ...“ Die achtzeilige Strophe der Stanze, mit jeweils fünf Jamben im Vers, strukturiert hohe und hehre Gehalte, während sie gleichzeitig Formstrenge vermittelt. Häufig sehen wir in Goethes Stanzen erhabene Motive nebulösen entsteigen, mit dem auf Hebung ausgerichteten Versmaß auch die lyrische Stimmung aufwärts streben. Die dritte Strophe des Gedichtes „Zueignung“ aus dem Jahre 1784 bringt dies besonders deutlich zum Ausdruck: „Auf einmal schien die Sonne durchzudringen, / Im Nebel ließ sich eine Klarheit sehn. / Hier sank er, leise sich hinabzuschwingen, / Hier teilt’ er steigend sich um Wald und Höh’n. / Wie hofft’ ich ihr den ersten Gruß zu bringen! / Sie hofft’ ich nach der Trübe doppelt schön. / Der luft’ge Kampf war lange nicht vollendet, / Ein Glanz umgab mich, und ich stand geblendet.“
Das Versmaß, urteilte Wolfgang Kayser, sei „für Goethe kein leeres Gefäß, das gefüllt wird, sondern das Versmaß hat für ihn eine eingeborene Assoziation zur Bildlichkeit und zum Gehalt“. In diesem Sinne nimmt Goethe auch die Terzine auf. Dies zwar nur zweimal in seinem Dichterleben, jedoch bedeuten beide Terzinen-Dichtungen feierliche Betrachtungen. Es sind die „Betrachtung auf (des verstorbenen) Schillers Schädel“ im Jahre 1826 und im „Faust II“ der Anfangsmonolog Fausts, den Goethe um 1829 dichtete: „Des Lebens Pulse schlagen frisch lebendig, / Ätherische Dämmerung milde zu begrüßen; / Du, Erde, warst auch diese Nacht beständig / Und atmest neu erquickt zu meinen Füßen. / Beginnest schon mit Lust mich zu umgeben, / Du regst

und rührst ein kräftiges Beschließen, / Zum höchsten Dasein immerfort zu streben ..."
Im Strophencharakter der Terzine ist die Wechselbeziehung zwischen dem Beständigen und dem Vergänglichen angelegt. Die drei Verse umfassenden Strophen binden einerseits die Motive in den jeweils ersten und dritten, aufeinander gereimten Versen, andererseits drängt es die zweiten Verse aller Strophen über diese hinaus und zu den ersten Versen der folgenden hin, auf die sie sich reimen. So sucht die Strophe höchst widersprüchlich den sprachlichen Bezug zu halten, während sie ihn schon selbst in Bewegung gesetzt hat, deren Stillstand erst ein zusätzlich, der letzten Strophe angehängter Vers erzwingt, wie am Ende des Faustmonologs ersichtlich, beim Anblick des Regenbogens: „Allein wie herrlich, diesem Sturm ersprießend, / Wölbt sich des bunten Wogens Wechseldauer, / Bald rein gezeichnet, bald in Luft zerfließend, // Umher verbreitend duftig kühle Schauer. / Der spiegelt ab das menschliche Bestreben. / Ihm sinne nach, und du begreifst genauer: // Am farbigen Abglanz haben wir das Leben."
In der Balladendichtung, in Deutschland erst wenige Jahre zuvor von Gottfried August Bürger zur Kunstform erhoben, steigert Goethe meisterhaft die dämonisch-nebelgrauen Momente der Sagenwelt. Unübertroffen ist die naturmagische Spannung im „Erlkönig", der um 1780 entstand. Der Liedcharakter aus Herders Volksballaden haftet den meisten von Goethes Kunstballaden an. Während der Freundschaft mit Schiller wird der Volksliedvers für die klassische Ballade zur Grundlage einer neuen Strophenform: „Beide Väter waren gastverwandt, / Hat-

ten frühe schon / Töchterchen und Sohn / Braut und Bräutigam vorausgenannt." Unterscheiden sich in der „Braut von Korinth" noch allein Metrum und Länge der Zeilen, so will in „Der Gott und die Bajadere" der Nachspann schon nicht mehr recht zur Strophe gehören: „Mahadöh, der Herr der Erde, / Kommt herab zum sechsten Mal, / ... Und er hat die Stadt sich als Wandrer betrachtet, / Die Großen belauert, auf Kleine geachtet ..." Beide Balladen entstanden, wie auch „Der Zauberlehrling", im Jahre 1797. Nun trennt Goethe den zweiten Teil der Strophe auch optisch ab: „Walle! walle / Manche Strekke, / Daß zum Zwecke / Wasser fließe / Und mit reichem, vollem Schwalle / Zu dem Bade sich ergieße!" Die Strophenteilung bewirkt eine doppelte Ebene. Der erste Teil vermittelt den Fortgang des Geschehens, der zweite führt in die Sphäre des Geheimnisvollen der Balladentradition. Die Erinnerung an den Chor des antiken Dramas liegt nahe, der das Magische nüchtern deutet oder die Moral erklärt: „Es freut sich die Gottheit der reuigen Sünder; / Unsterbliche heben verlorene Kinder / Mit feurigen Armen zum Himmel empor" („Der Gott und die Bajadere"). Hier messen Zweischichtigkeit aus Handlung und Kommentar besonders deutlich der Strophe eine strenge Eigenständigkeit bei. Sie ist Ziel der Verskunst, weil in ihr Sprachbezug und Form zur Einheit verschmelzen.

Nach mehr als 250 Jahren „Vormachtstellung" in der deutschen Literaturgeschichte kann es vielleicht nicht ganz ausbleiben, daß Kunstcharakter und Dichtung Goethes von den Aspekten zur Person und Biographie übeflutet wurden. Spottete doch seinerzeit Goethe selbst schon, daß mehr als seine Werke sein Konterfei auf Sammelporzellan gemalt oder in Pfeifenköpfe geschnitzt im Kurs ständen. Soweit es den touristischen Aspekt der Vermarktung betrifft, ließe sich solcher Spott wohl auch ein Vierteljahrtausend später wiederholen. Allerdings, ein wichtiger Unterschied besteht wohl doch. Die immensen biographisch-literarischen Arbeiten zu Werk und Wirken des wegbereitenden Dichters Goethe, die besonders seit seinem 250. Geburtstag am 28. August 1999 auf den Literaturmarkt drängten, aktualisieren auch die Bedeutung der Poetik für authentischen Kunstcharakter, der über viele Jahre allzuoft unbeachtet blieb.

Stimmen zum Autor

„Reduzierung auf das klanglich Wesentliche bleibt oberstes Gesetz."

Prof. Dr. Wilhelm Gössmann,
Heine-Universität Düsseldorf

„Wo die Dichter der Romantik noch Eichen-Kathedralen besungen haben, ist Natur inzwischen zum Fall für Schutzzonen geworden. Hans Claßen ist Zeuge dieser Umwandlung."

Dr. Monika Willer, Literaturkritikerin

„Vermutlich gelingt das Schreiben nur dann, wenn Nähe und Distanz – um einen Gedanken Nietzsches aufzugreifen – sich die Waage halten und das entsteht, was – in einem weiten Sinne – Korrespondenz heißt. Genau das geschieht in Ihren Gedichten."

Wolfgang Pelzer, Essayist

„ ... hat mich Ihre romantische Spurensuche sehr angesprochen."

Eleonore Sent, Literaturkreis Novalis

„Ihre Gedichte sollten unbedingt Zugang finden bei allen, die vollendete Sprache zu genießen verstehen."

Carola Matthiesen, Lyrikerin

„Es gibt Dichter in der Provinz, die schreiben Weltliteratur, wie Hans Claßen."

Kazimierz Brakoniecki, Schriftsteller, Polen

In bibliophiler Ausstattung erschienen:
der Lyrikband

Illustriert mit 11 Farbbildern:
„Russische Landschaften"
Aquarelle von Kiril Malkow, St. Petersburg
ISBN 3-00-005006-X, EUR 17,80